La pêche à l'ours

Relie les lettres de l'alphabet.

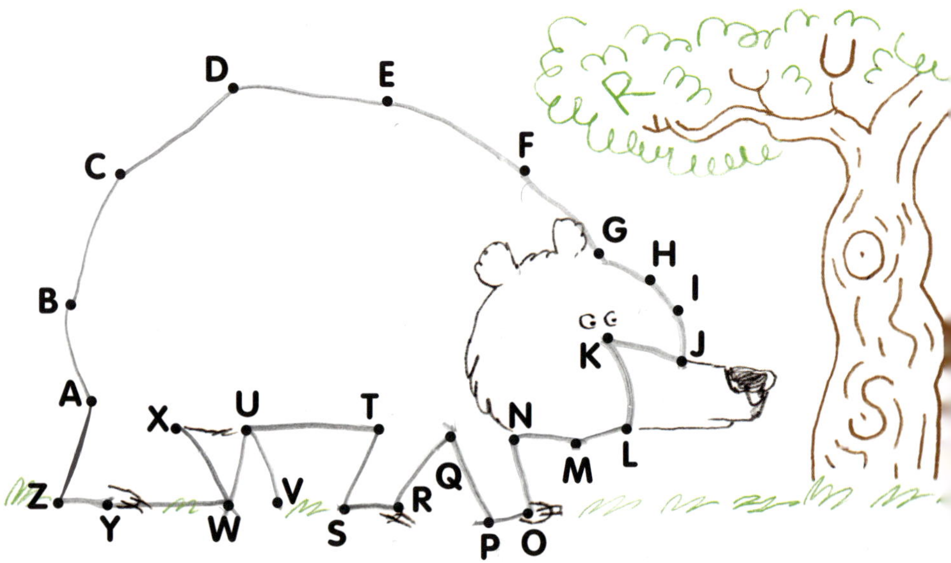

Le mot « **ours** » est caché dans l'image, le vois-tu ? Trouve les lettres !

Bien !

Voici des mots pleins de « **o** ».

On les lit ensemble ?

zéro moto bobo loto lavabo

toto dodo ohé zoo olé

rodéo vélo domino koala

boa crocodile

Et si on racontait un truc rigolo ?

Lis le texte en utilisant les mots suivants pour compléter l'histoire.

loto – boa – vélo – ohé

Léo va au zoo à vélo. Il joue au loto avec un boa. Il crie à un crocodile : ohé ! Puis il libère les animaux. C'est pas trop tôt !

Chouette !

Maintenant, on fait des bruits avec la bouche...

pif paf pof puf pif paf pof

À la pêche ! Complète chaque phrase avec le bon mot.

ours **poisson** **petit indien**

- Le petit Indien aime pêcher le poisson

- L'ours aussi aime pêcher le poisson.

- Qui est le meilleur pêcheur ? L'ours ou le petit indien ?

Quelle drôle de pêche !

Le poisson pêche l'ours.
L'ours pêche le petit Indien.

Pour découvrir le titre de l'histoire, utilise le code suivant.

Maintenant, on se détend !

Tu peux même chanter si tu veux !

lalali lalala lululu lalali lalala

Quelle histoire !

Petit-Aigle est un petit .

Il veut pêcher un  avec ses .

Mais l'  aussi veut pêcher…

Est-ce que la pêche se finira bien ?

NON !!!!

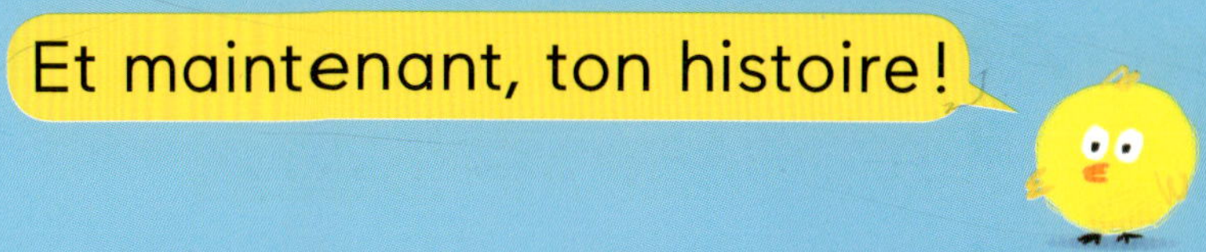

La pêche à l'ours

Une histoire de Jean Leroy,
illustrée par Éric Gasté.

Petit-Aigle est un petit Indien. Il vit avec sa famille dans un **tipi**.

Petit-Aigle a six ans, mais
c'est déjà un bon pêcheur !
Petit-Aigle a faim. Il décide
de pêcher un beau poisson.

Le petit Indien arrive à la rivière.
Un ours est en train de pêcher
avec ses pattes !

Petit-Aigle se dit :
« Moi aussi, je peux pêcher
sans canne à pêche ! »

Petit-Aigle rate
un premier
poisson.

Il rate un
deuxième
poisson.

Mais le troisième
poisson est le bon !

Petit-Aigle crie :

– **J'ai réussi !**
Je suis un grand pêcheur !

Mais l'ours approche...
Il approche encore...

Oh ! L'ours veut
voler le poisson
de Petit-Aigle !

Le petit Indien n'est pas content.
Pas content du tout !

Petit-Aigle crie
à l'ours :
– **Va-t'en,
gros méchant !**

Mais l'ours
n'écoute pas.

Alors
Petit-Aigle
prend
son poisson
par la queue et…

– **C'est mon poisson !**
crie le petit Indien.
Et il s'enfuit.

Petit-Aigle arrive devant
le tipi. Il montre le poisson
à son papa.

Il dit :
– Regarde : je rapporte
un beau poisson !

Son papa le félicite.
Puis il demande :
– Mais ? Qui arrive par ici ?

C'est l'ours ! Il a suivi
Petit-Aigle jusque
chez lui !

Vite, Petit-Aigle
et son papa
montent tout
en haut du tipi !

Ouf ! L'ours ne peut pas
les attraper.

Alors, **fier** de lui,
Petit-Aigle dit :
– Tu as vu, Papa ?
J'ai aussi rapporté
un ours.
Je suis un grand
pêcheur et un
grand chasseur !

Fin

Tu as aimé ?
Oui ?
Chouette alors !
Allez, maintenant, on se détend !
Tourne la page...

Comptine

À chanter sur l'air de *Il court, il court, le furet.*

Il court, il court, Petit-Aigle,
Petit-Aigle le pêcheur,
Il court, il court, Petit-Aigle,
Petit-Aigle le chasseur.
Il est passé par ici,
Le gros ours l'a poursuivi,
Il repassera par là,
Se cacher avec Papa.

300, rue Léon-Joulin, 31101 Toulouse Cedex 9 - France
editionsmilan.com
Loi 49.956 du 16.07.1949 sur les publications
destinées à la jeunesse.
Dépôt légal : 1er trimestre 2016
ISBN : 978-2-7459-7189-0
Imprimé en Roumanie par Canale